Caroline
fait du cheval

HACHETTE
Jeunesse

— Le premier arrivé au sommet, ce sera moi ! affirme Pouf. Je suis un grand jockey !

— Bravo pour tes envies de gagner ! rit Caroline. Mais l'ennui, c'est qu'en montagne, on ne fait pas de courses de chevaux !

— Tant pis ! Je serai quand même premier !

Pouf sera-t-il premier à l'arrivée de la randonnée ? Rien n'est moins certain car… le fermier n'a que huit poneys à louer ! Caroline ayant déjà choisi le sien, il reste :

— Sept montures pour huit cavaliers ! déduit Youpi qui est très doué en mathématiques. L'un de nous devra aller à pied !

— Mais non ! s'exclame le fermier. L'un de vous prendra Fernand, le petit âne qui chaque soir descend le lait du pâturage.

Tout le monde fait la grimace : personne n'a envie de monter un âne. Et Pouf encore moins que les autres !

— Pour régler ce problème, tirez à la courte-paille ! dit Caroline.

Aussitôt dit, aussitôt fait !

Et aussitôt fait...

— Ce n'est pas juste ! grogne Pouf. J'ai la courte-paille ! Avez-vous déjà vu un grand jockey monter un âne bâté, qui s'appelle Fernand par-dessus le marché ?

Derrière le petit mécontent, quel spectacle ! On monte en selle tant bien que mal et on grimace de frayeur !

— Kid, tes rênes sont trop longues ! crie Caroline. Pitou, tes étriers sont trop courts ! Vous n'êtes pas au cirque ! Faites un effort, essayez de vous tenir en selle correctement.

Pouf ne se soucie guère des difficultés des apprentis cavaliers. Dans son coin, à côté de Fernand, il rumine de sombres pensées. Mais soudain, faisant contre mauvaise fortune bon cœur, il décide :

— Bon, puisque je dois monter cet âne, autant qu'il me fasse honneur ! Il a des dents jaunes à faire horreur, un poil poussiéreux à faire peur. Allez, au travail !

En route pour la première randonnée ! Les petits cavaliers s'enfoncent à la queue leu leu dans la forêt. Fernand, qui parcourt tous les jours ce chemin, connaît tous les écureuils du coin. En voici un : il s'arrête aussitôt pour le saluer.

— Si tu bavardes avec chacun, proteste Pouf, nous perdrons mes amis de vue. Moi, j'ai dit que je serai le premier ; allez, avance, et vite !

Et voilà le jockey Pouf au travail. Il brosse soigneusement les dents de Fernand, lustre son poil avec entrain, puis astique son harnachement, et cire ses sabots pour terminer.

Et voilà un petit âne bien plus joli qu'avant !

Hop ! Fernand part au galop ! Mais pas dans la direction prévue ! Il file vers les basses branches d'un sapin pour se régaler de ses pousses tendres ! Et il oublie le chaton blanc !

Pauvre Pouf ! Il se retrouve en fâcheuse position, prêt à tomber sur le derrière s'il lâche prise !

— Attends-moi, Caroline ! hurle-t-il. Cet âne est plus têtu qu'une mule, il n'en fait qu'à sa tête !

Mais Caroline n'entend pas les appels de Pouf. Avec ses petits amis, elle est sortie de la forêt et elle vient d'apercevoir un petit berger qui garde son troupeau de moutons.

— Bonjour, lui dit-elle. Sommes-nous loin du sommet ?

— Encore une petite heure de route, répond-il, et vous atteindrez le refuge où vous attend Valentin, le fils du fermier.

— Mais où sont passés Pouf et Fernand ? s'inquiète Noiraud.

— Ils vont bientôt nous rattraper, assure Bobi, sans souci.

Ce n'est pas certain ! Car Fernand est vraiment un âne coquin ! En sortant de la forêt, plutôt que de continuer sur le chemin, il a trouvé plus amusant de se glisser parmi les moutons du troupeau.

Une fois de plus, le pauvre Pouf est dans une situation délicate !

— J'en ai assez de ce Fernand, de cet âne insupportable et fantaisiste ! crie Pouf en s'élançant sur le dos des moutons. J'en ai assez, assez ! Une chèvre aurait mille fois mieux fait mon affaire ! Et d'abord, je n'aime pas les randonnées !

Pendant que Pouf rouspète tout son content, Caroline et ses amis arrivent enfin au sommet de la montagne, au refuge où les attend Valentin, le fils du fermier. Comme il est gentil ! Il leur offre du bon lait frais et un délicieux fromage pour les remettre des fatigues du voyage. Et il n'oublie pas les poneys ! Eux, ils se régalent d'un fourrage odorant.

Mais Caroline est inquiète : Pouf et Fernand ne sont toujours pas en vue.

— Rassurez-vous, dit Valentin. Fernand connaît très bien la région, et il arrive toujours à temps pour prendre le lait du soir. Mais je vous conseille de ne pas trop vous attarder ici. Regardez, déjà le brouillard tombe sur la montagne.

Sur les conseils de Valentin, les cavaliers prennent le chemin du retour. Brrr... Le brouillard envahit la forêt. Personne n'est vraiment rassuré. Et tout à coup... Ding ! Ding ! Kid entend derrière lui le son d'une clochette. Il se retourne et :

— Au secours ! hurle-t-il. Fuyons ! Le fantôme de la montagne nous poursuit !

Ah, quelle fuite ! Ah, quelle panique ! Sûrs que l'abominable fantôme de la montagne va les attraper et va même les manger, les cavaliers éperonnent leurs montures, réalisent des prouesses insensées !

— Plus vite ! Plus vite ! crie Caroline ! Courons à la ferme ! Là-bas, le fantôme n'osera pas nous approcher !

Enfin, la ferme ! Vite, les cavaliers mettent pied à terre.
— Le voici, c'est lui… murmure Bobi, mort de peur.

Caroline, elle, éclate de rire. Car qui voit-elle ? L'horrible fantôme ? Pas du tout ! C'est simplement Pouf, monté sur... la chèvre Eglantine, bien plus douce et docile que Fernand ! Celui-ci apparaît à son tour ; il porte sagement les bidons de lait et est mené par Valentin qui vient récupérer la drôle de monture du petit jockey.

Tout est bien qui finit bien aujourd'hui ! De plus, le fermier annonce en riant :

— J'ai acheté cet après-midi un neuvième poney !

Pouf, pas très content de sa première randonnée à « cheval », retrouve le sourire à l'instant. Vivement demain !!!

Pipo

Pitou

Youpi

Boum

Que la montagne est belle l'été !
Caroline et ses petits amis vont en profiter
pour faire du cheval
et de grandes randonnées.
Ils iront jusqu'en haut des verts pâturages,
jusqu'aux nuages !